Alexis RICHERT

TRIO

© 2020, Alexis RICHERT

Édition : BoD - Books on Demand,
12/14 rond-point des Champs-Elysées, 75008 Paris
Impression : BoD - Books on Demand,
Norderstedt, Allemagne

ISBN : 9782322236848

Dépôt légal : juin 2020

« *On trouve innocent de désirer et atroce que l'autre désire. Et ce contraste entre ce qui concerne ou bien nous ou bien celle que nous aimons n'a pas trait au désir seulement, mais aussi au mensonge.* »

(Marcel Proust, *La Prisonnière*)

Chapitre 1

J'étais arrivé à ce que je pourrais appeler la moitié de ma vie, car à 40 ans les statistiques me donnaient environ la même durée à poursuivre encore mon existence et je comptais sur un petit surplus de chance ou plutôt de progrès médicaux pour gagner sans trop d'encombres ce terme. Cependant, je ne me leurrais pas, j'en avais vécu la meilleure moitié. Celle où nous choisissons notre avenir par le bais d'une formation, d'un métier, d'une épouse que nous pensons alors suffisamment éprise au point d'être définitivement son seul amour – ce qui est une tendre et plaisante naïveté due au jeune âge et à la méconnaissance du monde des envies et de la fluctuation des sentiments - d'un logement dans lequel nous espérons nous établir durablement, d'une vie bâtie selon nos espérances. Ce petit parcours s'était bien déroulé pour moi, j'avais coché toutes ces cases en ayant un métier des plus sûrs puisque professeur d'histoire et géographie, ce qui se révélait être un atout de taille en me tirant de la recherche fastidieuse d'un emploi, de possibles licenciements et de l'inconfortable angoisse de connaitre des revers financiers. Tout était calculé, défini, programmé, du premier salaire à la dernière pension de retraite dont je pourrai me prévaloir, laissant ainsi le risque inexistant sur ce plan-là, et ayant accessoirement permis à mon banquier d'octroyer sans coup férir le prêt immobilier nécessaire à l'acquisition d'une agréable longère à quelques kilomètres de la ville. Par un hasard bien pensé, j'avais fait la connaissance sur les bancs de la faculté de Séverine, une jolie blonde, travailleuse, qui avait choisi aussi la voie du fonctionnariat en optant après un certain nombre de détours pour la profession de bibliothécaire qu'elle exerçait au sein de la médiathèque municipale. Le mariage avait suivi après deux ans à se fréquenter et partager notre vie, puis évidemment, dans la foulée, il naquit un enfant, Julien, qui allait sur ses 16 ans. Nous étions ainsi établis, dans une vie relativement aisée et sans souci, la crainte du lendemain n'étant qu'une sorte de fable lointaine dont nous entendions parler régulièrement aux informations télévisées, mais qui n'avait aucun sens concret pour nous. Il n'y avait certes pas non plus espoir de faire fortune de la sorte, mais juste de mener une vie linéaire qui nous emmènerait tranquillement à la retraite puis se poursuivrait encore quelques années en des voyages touristiques une ou deux fois l'an, d'abord par nos propres moyens puis par le biais d'agences qui prendraient soigneusement en charge l'ensemble de l'organisation et veilleraient à notre quiétude de vieux européens embourgeoisés. S'il n'y avait pas de quoi pavoiser, il n'y avait pas non plus de quoi se sentir malmenés dans cette existence sans danger. Ainsi sans heurts, j'étais bel et bien arrivé à la moitié de ma vie et l'autre moitié s'annonçait molle et sans entrain, ancré dans le cocon duveteux d'une certaine paresse. Je ne voyais et ne cherchais en réalité aucun moyen d'échapper à cet avenir. Je n'allais tout de même pas changer de voie en me hasardant sur des chemins inconnus, sans autre maîtrise que celle que je possédais si bien d'enseigner l'histoire et la géographie ; matières inutiles à elles seules, sauf à obtenir une chaire de faculté permettant d'entrer dans la recherche. Mais là n'était pas mon ambition, je ne m'en sentais pas la capacité de toute façon. J'y avais songé, j'en parlais de temps en temps quand l'ennui m'étreignait, puis m'asseyant dans le canapé qui jouxtait la cheminée, happé par son assise moelleuse, je me replongeais dans une revue ou un livre sans prendre d'autre décision que d'attendre sans rien décider. Il est vrai que le charme de notre demeure ne poussait pas à vouloir être particulièrement plus travailleur.

J'aimais cette vaste maison plantée sur un jardin paysagé de quelques ares. Le rez-de-chaussée comprenait un séjour de 60 mètres carrés, au sol en tommettes anciennes, où deux larges poutres plantées verticalement séparaient de façon égale la pièce. Ainsi la moitié était occupée par une salle à manger au style très épuré, aux meubles design, avec en un coin l'escalier en colimaçon desservant l'étage. Et l'autre moitié permettait un espace salon comprenant grand meuble laqué presque blanc utilisé pour ranger les alcools, les verres à apéritif et divers objets et sur lequel trônait une télévision, de bons sièges en cuir écru, disposés près de la cheminée autour d'une grande table basse en verre faite sur commande – petit luxe que nous étions accordés et qui donnait l'impression d'une pièce faussement vide dans un premier coup d'œil - et enfin, le long d'un des murs, une bibliothèque soigneusement ordonnée et garnie de grands livres sur les arts, les voyages, l'histoire, … . A gauche de cette grande pièce se trouvait une cuisine très moderne, choisie par Séverine, avec son ilot central et ses tabourets, très pratiques pour diner au quotidien, puis une petite pièce de buanderie. Sur la droite du séjour, une porte donnait dans un couloir desservant notre chambre et sa salle de bain, puis mon bureau qui demeurait invariablement le lieu le moins bien rangé. Outre la large table me servant à écrire ou surtout à poser mon ordinateur, son indispensable fauteuil, j'y avais placé également un grand divan pour mes siestes, une télé et une chaine hi-fi, pouvant ainsi vivre en reclus les jours de congés. Le mur du fond était couvert de rayonnages et de tiroirs où s'entassaient dossiers, romans et essais divers et quelques objets décoratifs ou provenant de nos voyages ou de mon enfance. L'étage de la maison comprenait trois chambres, une seconde salle de bain et le bureau de mon épouse. A la belle saison, je passais surtout mon temps sur la vaste terrasse, accessible depuis la cuisine et le séjour, en me prélassant sur un transat et en regardant les arbres et les bosquets dont je laissais le plus souvent le soin de l'entretien à Séverine. Lorsque la lassitude me gagnait trop, j'enfilais une paire de baskets et sortais du garage le tracteur tondeuse pour décrire quelques cercles sur l'herbe par jeu et sans prendre la peine de faire une coupe pointilleuse de la pelouse. J'avais ainsi créé le nécessaire pour avoir un cadre de vie agréable, car il faut dire que je passais beaucoup de temps chez nous. Ce n'étaient pas ces quelques heures hebdomadaires employées devant mes élèves, ni même leur préparation, qui pouvaient m'occuper. Je réutilisais immanquablement chaque année exactement les mêmes cours, et il était très rare que j'y ajoute un document ou que j'en modifie plus qu'une ligne. Et puisque les redoublements n'étaient plus à la mode, personne ne s'en apercevait. Je me bornais à donner invariablement trois contrôles par trimestre, ce qui me faisait déjà suffisamment râler tant il fallait les concevoir, puis surtout les corriger car ces petites rédactions trop souvent mal rédigées avaient le don de m'horripiler. Je pestais en espérant qu'un jour l'on puisse se contenter uniquement de QCM. Après tout, que resterait-il de cet enseignement à l'heure des niaiseries télévisuelles qui réunissaient chaque soir, en un nombre ne cessant de croître, jeunes et moins jeunes attirés par la télé-réalité, les jeux, les pitreries ou les plateaux remplis de pseudo-personnalités donnant leur avis sur tout et n'importe quoi ? Le parcours de Napoléon ou les causes de la Grande Guerre, cela disparaissait complètement, noyé dans cette effroyable machinerie à essorer les esprits. Il me semblait donc justifié de m'atteler le moins possible à ma tâche et de profiter des joies du farniente auprès d'un feu de bois en décembre ou sous un beau soleil printanier en avril. Séverine avait bien plus de contraintes que moi, partant généralement à 8h30 et revenant rarement avant 18h30, sans compter les heures dans son bureau à chercher et lire les nouveautés littéraires ou à organiser de petites expositions pour animer la médiathèque. De ce fait, j'avais de nombreuses heures de solitude à combler aussi bien que je le pouvais, mais à 40 ans je finissais par trouver une certaine monotonie dans cette existence.

Chapitre 2

Ce lundi matin de mars, Séverine me prévint qu'elle rentrerait tard. Elle voulait finir la mise en place d'une rétrospective sur Zola, puis diner avec sa collègue Natacha qui restait aussi un peu plus qu'à l'habitude pour l'aider.

- Tu vas avoir une soirée en célibataire, dit-elle en plaisantant, car julien est invité chez l'un de ses camarades ce soir.

- Ça ne me fait pas rire, je ne sais même pas ce que je vais pouvoir manger. Et tu me préviens un peu trop tard pour que je puisse sortir de mon côté avec Pierre ou Etienne. Ils doivent être occupés et en famille.
- Mais tu aimes cette solitude d'habitude, et puis je ne rentrerai pas après minuit, ne t'inquiète pas.

Justement, depuis quelques temps, peut-être par désœuvrement, je m'inquiétais de ces absences qui devenaient un peu plus fréquentes qu'à l'ordinaire. Je n'osais formuler de reproches et de soupçons car je connaissais ses collègues et j'avais horreur des scènes inutiles pour quelques questions dérangeantes qui resteraient de toute façon sans réponse, laissant toujours planer la possibilité d'une infidélité sans la rendre certaine. Comme je n'avais guère plus de don ou plutôt d'envie de mener une enquête, il me fallait bien, par absence de preuve, conserver la confiance que j'avais mise en elle depuis tant d'années. Mais, j'envisageais forcément cette soirée avec une certaine mauvaise humeur, et l'ombre pernicieuse du doute.

- Allons, me lança-t-elle gaiement, passe une bonne journée, je file, je vais être retard.

Cette gaieté, si franche, si claire, tonnait ce jour-là un peu trop pour ne pas devenir le signal d'une alarme dans mon esprit en proie à l'ennui. Cela faisait longtemps que nous étions ensemble, trop peut-être, du moins trop pour être sûr qu'elle n'était pas attirée par une autre histoire, passagère probablement, mais belle et bien charnelle et peut-être même teintée de sentiments plus purs. A moins que mon imagination ne me jouât des tours pour passer le temps, raisonnement que je préférais écarter, j'envisageais la probabilité d'être trompé avec une angoisse qui ne fit que prendre de l'ampleur au fil de la journée. J'osais alors supposer le pire et enrageais déjà qu'elle puisse être la seule à prendre ainsi du bon temps. Certain de ne savoir probablement jamais la vérité, je me dis qu'entre cette monotonie installée depuis longtemps dans notre couple et l'envie de ne pas être en reste dans la découverte ou redécouverte des plaisirs, il serait bon de considérer dès maintenant la réalisation d'une petite liaison parallèle. Tout me poussait à me dédouaner de cet accroc à notre contrat, et en amenant le raisonnement à son extrémité il serait dommage de mourir demain ou dans de nombreuses années avec le regret de n'avoir pas testé, essayé, désiré au moins une autre femme, sans l'aimer autant que Séverine, mais par jeu de l'esprit et du corps. Le désir ne fit que croître aussi rapidement que mes suspicions alors que l'après-midi s'étirait infiniment jusqu'à la lenteur de cette soirée de solitude. Mon cerveau vagabondait, imaginatif, passant des craintes aux vices, s'arrêtant sur une peur puis repartant sur l'envie de la découverte, foisonnant d'images de nudités sensuelles et de postures érotiques. L'absence d'un message de Séverine, d'un appel rassurant, d'un mot pour me retenir d'aller plus loin me poussait à échafauder rapidement les moyens du crime et les alibis pour le couvrir.

J'étais à présent résolu, mais par quelle solution facile pourrai-je trouver une femme à qui jouer une comédie de l'amour, ou qui aurait les mêmes désirs infidèles ? Au lycée cela était impossible, je connaissais trop bien tous mes collègues depuis le temps et ils connaissaient mon épouse, et puis je n'avais guère remarqué quelqu'une me plaisant. Je tournais le problème en tous sens puis, en cherchant « rencontre » sur internet, vint la solution la plus simple et dont j'avais déjà entendu parler de temps en temps. Il suffisait de passer par un site spécialisé, un des grands sites pour multiplier les chances. Combien trichaient en réalité sur leur situation conjugale ? Beaucoup ! Il y avait des gens célibataires, mais aussi d'autres déjà en couple. De toute façon, essayer n'engageait à rien, pas même à concrétiser l'objectif d'une inscription. Je créais donc un profil, pas trop précis et sans photo évidemment pour garder un peu d'anonymat, mais avec un petit texte bien rédigé pour mettre en valeur mes qualités, mon métier gage d'une aisance relative et d'un savoir, tout en restant vague sur ma recherche. Assez content de cette présentation, je payais la cotisation mensuelle exigée et je m'engouffrais dans la consultation des portraits des femmes sans m'imposer de critères de sélection dans ce premier jet. C'était un véritable supermarché ! Que de fiches, de photos, d'informations plus ou moins détaillées, de recherches parfois très pointues - pour certaines j'avais l'impression de rentrer dans le huis-clos de leur foyer - marquées assez souvent par une grande solitude ou par de grandes désillusions, et généralement par le désir de l'extraordinaire qui n'existe que dans les songes. Cette boutique en ligne avait au moins l'intérêt de montrer combien il y avait de bonheurs perdus dans cette société et d'attentes sentimentales, d'attentes sexuelles très vraisemblablement aussi. Je me disais cependant que ces approches virtuelles constituaient très majoritairement un véritable leurre pour ceux recherchant le grand amour en incitant à vivre surtout de fantasmes au travers d'un écran, sur quelques vagues photos et quelques échanges sans fond écrits souvent trop hâtivement pour en extraire une réelle sincérité. Je n'aurais au moins pas perdu complètement mon temps en entrant dans ce monde, je pourrais en retirer l'esquisse d'une étude sociologique. Mais avec qui allais-je bien pouvoir prendre contact ? Je n'avais jamais vraiment réfléchi – du moins depuis mes 20 ans - à ce que j'attendais. Quel physique ? Quelles qualités ? Quel style de vie ? Il fallait d'abord que je cerne ces attentes, cette part de rêve qui m'était permise, pour ne pas m'engager dans une histoire décevante et pour jouir pleinement de cette liberté. Il fallait déjà éliminer celles qui cherchaient à refaire trop sérieusement leur vie, et celles qui avaient des enfants, surtout de jeunes enfants, car je souhaitais une aventure et non pas un engagement au long cours où l'on me présente une famille, une maison, et sur laquelle il se bâtirait de vains espoirs. Je ne voulais pas abuser de la naïveté de mères célibataire par trop de faux-semblants. Je penchais donc vers des femmes sans enfants, assez libres, pas pressées de faire ou refaire leur vie, et, tout naturellement, éliminant les cinquantenaires dont la progéniture était déjà adulte mais qui ne m'attiraient pas, il me restait finalement les plus jeunes, entre 25 et 35 ans ajoutant de-ci de-là une dame de mon âge. Je perçus alors le défi qui m'attendait, cela se compliquait et obligeait à un vrai jeu de séduction. Heureusement, je n'avais pas vraiment de critères physiques, blonde ou brune, mince ou ayant quelques rondeurs, grande ou petite, cela m'importait assez peu tant que le sourire était charmant et la douceur de caractère bien présente. Voilà, j'avais défini mes souhaits, j'avais mes atouts en main, il ne restait plus qu'à me lancer. Comme il était déjà presque 23h00, il y avait forcément moins de personnes connectées à ce site, et je lançais quelques premiers messages, des appels à venir discuter, avant de quitter et me plonger dans un téléfilm policier sans intérêt, tout en me disant que je verrais le résultat de cette pêche le lendemain. Séverine rentra à minuit et quart, fatiguée, fourbue, et fonça prendre une douche avant de me faire un bref baiser et de partir dormir. Elle semblait heureuse, et je l'étais moins, cela me persuada de poursuivre ma quête.

- Qu'as-tu fait de ta soirée hier ? Me demanda-t-elle en prenant le petit-déjeuner
- Oh, rien. Comme tu l'as vu, je me suis installé devant la télé, et j'ai travaillé un peu, sans grand enthousiasme. Tu avais l'air contente en rentrant ?
- Oui, notre exposition sera très réussie, et puis, ce dîner fut agréable. Pour une fois, entre femmes, nous

avons pu discuter de tout et de choses plus personnelles. Natacha est un peu en froid avec son second mari, elle supporte difficilement sa présence quotidienne après la liberté qu'elle avait connu les deux années suivant son divorce. Elle a retrouvé les contraintes d'une vie de couple, et a du mal à en voir pleinement les joies, même lorsque je l'y aide.
- C'est dans l'air du temps il me semble. Entre féminisme parfois exacerbé, liberté individuelle ressassée partout et société de consommation, nous assistons peut-être à la fin du couple « durable » - je remarquais en moi-même qu'il était amusant de constater que l'on avait remplacé la nécessité de longévité d'une vie de famille, par celle vantée à grands cris de l'énergie et des produits marchands, les sentiments devenaient jetables alors que les biens suivaient une diagonale

inverse - et tous ces papotages t'ont emmenée si tard dans la soirée ?
- Oui, mais ce n'est pas si fréquent, et je serai là ce soir.
- Tant mieux, sinon je vais finir par me sentir abandonné.

    Sur ces mots, elle partit se maquiller en souriant agréablement, me laissant toujours dans une certaine incertitude, peut-être inconsciemment volontaire de ma part pour me rapprocher de mon projet sans hésitation. Et quelle chance, je n'avais pas cours ce matin. J'attendais donc avec un peu d'impatience son départ pour pouvoir me remettre sur mon ordinateur.

Chapitre 3

Neuf heures, je replongeais avec une certaine fébrilité heureuse dans ce magasin des cœurs à prendre et je découvrais les premiers résultats de mes quelques messages de la veille. Si mon profil avait recueilli plusieurs visites, je n'avais en revanche que deux réponses, et de fait une légère déception, car la première m'indiquait que je ne correspondais pas aux souhaits de la jeune femme, et la seconde m'invitait à venir discuter ici en soirée, ce qui était plus compliqué évidemment. Mais j'avais fait une sélection rapide et non exhaustive et je me relançais donc dans une fouille plus méticuleuse pour trouver à qui parler. J'écrivis alors à quelques femmes n'habitant pas trop loin. Il se noua rapidement un premier échange, un peu hésitant, sans trop savoir que dire dans ces petites lignes et ce dialogue par claviers interposés, mais je m'aperçus vite que même sans cela nous n'avions pas grand-chose en commun, or qu'aurions-nous eu à nous raconter, même brièvement, par la suite ? Puis ce fut une autre, à qui cette fois je ne plus pas dès les premières phrases. La matinée passait sans résultat probant et la non-attraction virtuelle me sembla péremptoire, cassante, sans la proximité des corps, sans l'expression des visages et le timbre des voix. Sur ces sites les contacts sont faussement humains, une réponse trop lente ou un mot incompris suffit à rompre définitivement la connexion à l'autre, qui plus jamais ne réapparaîtra, et comme il y a du choix, inutile de s'en émouvoir, il n'y a qu'à passer à une autre fiche. Enfin, à midi je m'arrêtais en envoyant une énième bouteille dans cette mer agitée, recelant de nombreux pièges, pleine de l'acidité des amours déçus et des relations sans lendemain, des craintes et des doutes, des méfiances et de tous les mensonges dont j'usais aussi abondamment pour tenter de tisser ma toile. Le profil que je convoitais alors m'avait touché par sa beauté, et par chance cette femme me répondit instantanément. Dès les premiers mots, elle me dit s'appeler Camille, et comme je devais partir pour déjeuner et aller ensuite au collège, nous convînmes de nous retrouver en ligne à 16h30.

A 27 ans Camille était une jeune femme célibataire, qui n'avait pas réussi à se poser et qui allait d'histoire en histoire et de déception en déception car elle ne trouvait jamais l'homme parfait qu'elle désirait. Elle était sans doute un peu trop exigeante, du moins elle le pensait, mais ne voulait pas transiger sur ses espoirs et ses désirs. Elle grapillait de-ci de-là, s'essayant à se comprendre et essayant les amants pour une nuit ou quelques semaines, sans jamais franchir le pas d'une vie à deux. Elle se sentait tiraillée par des désirs contradictoires qui la poussaient aussi à apprécier le jeu de la découverte dans une sorte de libertinage par plaisir et par déception. Elle était attirante, belle brune, élancée, fine, cheveux longs au vent, elle aurait fait une jolie carte postale d'un bord de mer méditerranéen. Attirante oui, mais bien trop souvent, uniquement pour s'y poser un moment, car le temps laissait craquer le vernis des imperfections qu'aurait une vie de couple finalement contraignante à ses côtés. Infirmière, les exigences de son service imposaient des horaires décalés, des weekends de travail, des amplitudes ne s'accordant pas vraiment avec ceux d'un salarié libre le soir et les samedis et dimanches. Elle aurait aimé un de ces jeunes cadres dynamiques, au train de vie assuré, mais combien de ces jeunes après une semaine de travail intense ne pensaient qu'à profiter, à deux, de ces fins de semaine qui s'offraient aux amoureux pour partir le vendredi soir à la mer, déjeuner et diner au restaurant en toute décontraction ? Hélas, elle ne pouvait offrir ce temps que trop peu souvent, et les jeunes gens repartaient vers des amantes moins occupées. Il était aussi ainsi le temps des individualismes, signes de notre époque, sans acceptation des contraintes, sans dérogation pour offrir une place à un amour ne se coordonnant pas à nos propres rêves. Camille exigeait une certaine qualité de vie, de savoir et de savoir-être, d'aisance, d'intellect qu'avaient ces hommes, les autres ne l'intéressaient pas. Eux, pressés, stressés par leurs obligations, exigeaient une certaine disponibilité, tendant même assez souvent à obtenir une soumission à leurs envies et caprices. A cause de cette incompatibilité, Camille restait donc seule. Elle aimait les hommes, mais les trouvait durs, un peu brutaux, égocentriques, alors elle regardait parfois les femmes qu'elle imaginait plus douces, aux lignes moins tranchées, aux tendresses plus fréquentes, aux caresses plus patientes. Elle aurait aimé éprouver la douceur du romantisme et la profondeur des enlacements langoureux dans une histoire qui puisse durer ainsi éternellement. Elle était donc là, inscrite sur ce site de rencontre où elle dévorait les fiches, traquait, interrogeait, et parfois essayait un partenaire, généralement tout en continuant sa recherche de peur d'être une fois encore déçue.

C'est ainsi que je connus Camille, ce soir-là elle commença à me dévoiler sa vie, je lui adressais par mail une photo et elle me trouva séduisant. La peur de la décevoir ensuite ? Une trop grande franchise dont je n'avais finalement pas su me départir ? Enfin, je lui avouais être marié. Loin d'être choquée, elle m'avoua que je n'étais pas le seul dans ce cas, et que cela ne la dérangeait pas pour débuter, de toute façon, elle ne croyait plus vraiment trouver l'amour, du moins pas ici, pas comme ça. Elle avait donc envie de se laisser prendre au jeu de l'amante, choyée et aimée, un peu au moins, désirée souvent mais libre de ses mouvements et de son temps. Pour essayer, pour un moment sans engagement, et qui sait où cela mènerait ? Etais-je prêt à ce jeu ? Une femme qui n'a rien à perdre, il me faudrait faire confiance en sa discrétion, m'assurer qu'elle ne soit pas trop amoureuse si cela devait se produire, m'assurer de ne pas non plus le devenir pour préserver mon couple. Nos échanges étaient agréables, ils allaient se poursuivre le lendemain, et puis décision fut prise de nous rencontrer. Je franchissais un cap, marquant la fin d'une fidélité sans faille pour me glisser dans l'espoir d'une nouvelle séduction réelle.

Chapitre 4

    Rendez-vous avait été pris pour le jeudi à 16h30 en sortant de mes cours. J'arrivais fébrile, tenu par une appréhension palpable après une nuit courte et une journée toute en pensée pour ce moment crucial, car je m'étais fait à l'idée que Camille soit mon amante. Elle était devenue un désir irrépressible, une convoitise emprunte de jalousie puisque je ne l'avais pas encore possédée, et cela la rendait la seule possible et aimable, la seule comptant. Ce sentiment si vif se trouvait renforcé par cette perte de l'habitude, depuis tant d'années, de ces jeux de désirs incertains, et je doutais d'un pouvoir de séduction particulier qui eut fait que je puisse avoir le choix d'une autre, il me semblait déjà inespéré d'avoir cette parcelle de temps avec cette si jolie femme. Un refus de sa part eu été un drame qui m'aurait plongé dans une désolation prégnante et durable. J'enjolivais naturellement toutes ses qualités, déjà tout à l'envie de goûter son corps et les plaisirs que je lui prêtais. Nous avions choisi un café un peu à l'extérieur de la ville, où je pourrais sans inquiétude être sûr de n'y connaitre personne, et, comme j'entrais, je la vis déjà judicieusement assise à une petite table dans un recoin de ce lieu, là où notre conversation serait préservée de toute indiscrétion. Tout naturellement, je pris place en face d'elle et avec l'aisance d'une relation qui semblait déjà établie depuis longtemps, comme deux amoureux ayant l'habitude l'un de l'autre en des discussions agréables, nous parlâmes un peu de nous très courtoisement et sans trop de questionnements intrusifs. Sa main blanche posée sur la table, si près de la mienne, me troublait comme un appel à la saisir pour l'emmener près de mes lèvres et imperceptiblement elle semblait se rapprocher, jusqu'à ce que, guidé et enhardi par la complicité qui s'instaurait, je pose un doigt sur les siens, puis lui prenne cette main si douce. Je sentis courir alors en elle cette chaleur, cette légère fièvre du désir et d'une même attente anxieuse, ce frisson de bonheur lorsqu'elle resserra l'étreinte pour ne plus la lâcher durant de longues secondes. Elle souriait, faisant ressortir son air mutin et l'harmonie de son visage réhaussé par le charme de ses lèvres rose pâle qui m'évoquaient les fleurs de cerisiers japonais en promesses de plaisirs gourmands et sucrés, délicatesses si promptes à enflammer un cœur impatient de retrouver les joies des premiers moments de l'amour. J'avais alors la certitude que la lassitude et la monotonie avaient usé l'envie que j'avais de Séverine, et je n'avais aucun mal à imaginer maintenant ses sorties tardives et fréquentes que j'attribuais réciproquement aux mêmes maux, ce qui dédouanait de tout reproche l'à-côté que je m'apprêtais à vivre.

- Si nous sortions marcher un peu ? me demanda-t-elle soudain
- C'est une bonne idée, nous serons plus à notre aise pour discuter.

Je m'aperçus, à peine passé le pas de la porte de ce café, alors qu'elle reprenait vivement ma main, qu'il s'agissait avant tout d'un prétexte pour que nous nous embrassions. Ce que nous fîmes longuement, à plusieurs reprises, alternant quelques pas et de longs baisers. Cette attirance partagée, lui laissa la possibilité de s'aventurer dans des questions plus précises, plus intimes, et moi de lui répondre avec la franchise d'un enfant tout à la joie de son nouveau cadeau et ne cachant rien tant il est médusé de cette bonté.

- Dis-moi, est-ce si monotone que ça ta vie de couple ?
- Après plus de 17 ans ensemble, tu sais l'habitude prend le pas sur les désirs. La nouveauté s'est effacée depuis longtemps et nous nous connaissons par cœur probablement, ou du moins nous agissons par automatisme. Peut-être n'avons-nous pas su renouveler nos fantasmes ensemble ? Nous n'avons pas osé ? En tout cas, c'est devenu mécanique et presque à la façon d'un rituel, avec ses jours et ses heures fixes.
- Crois-tu qu'elle pense aussi cela ?
- Peut-être, en tout cas je la soupçonne d'avoir une aventure, mais je n'en ai pas la preuve et je ne souhaite pas encore chercher cette preuve.
- Le feras-tu si nous devenons vraiment amoureux ?

- Oui, sans doute, mais il est trop tôt pour le savoir. Nous ne nous sommes pas encore tellement découverts.
- Oui, mais tu me plais, alors j'ai envie d'apprendre à te connaitre.
- Moi aussi, et de te voir souvent. Toi tu as la liberté d'être célibataire, c'est plus simple.
- Et c'est aussi avantageux pour nous, car tu pourras venir chez moi.
- C'est une belle invitation.
- Et que fait ton épouse dans la vie ? Tu étais resté vague à ce sujet.
- Elle est bibliothécaire à la médiathèque municipale.
- Je l'ai peut-être croisée, mais je n'y vais que très rarement, et puis je préfère ne pas y penser aujourd'hui.
- Tu as raison, marchons encore un peu, et prenons le temps de nous embrasser, conclus-je en la prenant dans mes bras longuement.

Le contraste entre la grisaille de cette rue excentrée et morne et le teint clair de son joli visage gracieusement arrondi, tout en courbes douces, ses petites oreilles fines, ses yeux « noisette » aux éclairs étincelants de jade en me regardant, la tendresse soyeuse de ses lèvres goutant les miennes me laissait supposer avoir gagné le Paradis. Je sentais son corps contre moi, ses seins fermes, tendus, se pressant sur ma poitrine, et je pensais à son invitation à venir chez elle, imaginant la déshabiller lentement en profitant de chaque parcelle de sa peau satinée que le temps n'avait pas encore meurtrie de ses marques désobligeantes. Cette fraicheur, cette jeunesse, cette nouveauté me transportaient en une véritable cure de jouvence, éloignant d'autant plus de mes pensées Séverine. Le temps semblait suspendu dans notre enlacement, et si le monde poursuivait sa course dans les bruits de la vie moderne, tout cela semblait à mille lieues de ce trottoir qui en un long tapis roulant nous menait, glissant sur les flots d'un bonheur redécouvert, vers un océan de délices.

Ce fut le tintement clair et métallique d'une église paroissiale qui interrompit nos élans, nous rappelant sèchement à la réalité.

- Déjà 18h00 ! Comme c'est bon d'être avec toi, lui dis-je
- Oui, ne risques-tu pas de rentrer trop tard chez toi ?
- Si, et je crois qu'il est l'heure de partir, mais j'ai bien du mal à te laisser.
- Ce n'est que temporaire, car j'ai envie de te revoir très vite.
- Quand ? As-tu une idée ?
- Demain ? Je suis libre tout l'après-midi. Je ne voudrais pas attendre après le week-end.
- Demain je peux, après 15h00, si cela te va. Mais où ?
- Chez moi ? Veux-tu ?
- Oh oui ! Et où est-ce ?

Elle sortit un petit carnet et griffonna l'adresse rapidement, qu'elle fit suivre de son téléphone et d'un « je t'attends impatiemment », déchira la feuille et la glissa dans ma main en m'embrassant.

- Voilà tu sais tout, à demain 15h00 ….
- Oui, je serai là lui lançais-je alors qu'elle s'éloignait déjà.

Chapitre 5

Je regagnais lentement mon domicile, m'arrêtant même un petit moment sur un parking pour savourer ce qui venait de se passer, rabrouant ma conscience et félicitant ma hardiesse en me promettant de ne pas lâcher cette histoire qui se présentait si bien, tout en me jurant de ne pas dépasser des limites qui m'amèneraient à en être dépendant, ou pire, à devenir réellement amoureux. Il fallait conjuguer le confort de ma vie actuelle avec les charmes de cette aventure secrète. Il y avait là un plaisir presqu'enfantin. La sensation d'avoir dérobé une sucrerie, avec cette petite excitation du larcin qui ne porte toutefois pas à conséquence, car au fond cela était peu et puis il y avait un anonymat si complexe à mettre à jour. Quelques escapades étaient si simples à maquiller en toute autre chose que des rencontres. Je me rassurais d'un jeu que je ne voulais pas croire dangereux alors que pourtant tant de couples explosaient sous l'effet de vérités pressenties puis découvertes. Etais-je plus fin que les autres pour ne pas me laisser découvrir par quelques gestes, ou quelques objets, me trahissant ? Il était 18h30, et je devais rentrer, je pris quelques pastilles mentholées pour masquer d'éventuelles traces de parfum, et remis le moteur en route.

Séverine était déjà là, elle œuvrait dans la cuisine. Je passais rapidement au salon me servir un whisky et en boire une gorgée avant d'aller la voir avec l'air le plus naturel qu'il puisse être.

- Tu rentres tard aujourd'hui.
- Oui, je suis allé en ville pour voir les librairies et jeter un coup d'œil sur quelques vêtements. Mais je n'ai rien trouvé qui puisse me plaire.
- Ah, tu es bien compliqué, j'aurais pu t'accompagner si tu m'avais laissé un message. Je m'inquiétais un peu.

C'était bon à savoir, pour les prochaines fois, il me faudrait lui envoyer un petit mot pour dissiper toute suspicion, d'autant que cela était si simple avec les téléphones portables. Et puis cela pouvait également éviter un appel intempestif auquel il aurait fallu répondre obligatoirement, rompant peut-être un moment crucial. J'apprenais les gestes permettant de vivre une liaison cachée, mais surtout je m'apercevais que j'étais encore pris dans les charmes de cette jeune femme, ne pensant déjà qu'à la revoir. De fait, je répondis un vague consentement et repartis rapidement m'installer dans le canapé pour ne pas avoir à discuter plus. La soirée se déroula banalement, entre le repas en famille et quelques mots échangés avec notre fils, puis la sérénité d'un livre avant de se coucher sans éprouver de désir, dans une parfaite habitude après tant d'années ensemble. L'amour était plus platonique que dans nos jeunes années, les étreintes physiques avaient trouvé une régularité de métronome placé sur un rythme des plus bas, et je ne m'étais guère rendu compte combien cela pesait inconsciemment sur l'affadissement de notre couple et finalement sur la probabilité de vouloir chercher ailleurs ce qui ici était devenu terne. Séverine avait-elle aussi ressenti cela ? A moins que ce ne soit parce qu'il se passait des choses ailleurs que ce rythme s'était imposé à notre couple. Peut-être allait-elle voir chez d'autres ce que nous avions oublié de poursuivre ici, ce que nous n'arrivions plus à construire ensemble ? Alors dans un cercle vicieux infernal cela ne faisait que détruire encore un peu plus nos rapports. Je comprenais qu'elle eut pu s'ennuyer, tout en la blâmant de ne pas s'en être ouverte pour rebâtir nos envies. Pourquoi supporterais-je seul le poids de ce fardeau dont je n'étais surtout pas l'unique responsable ? Je suivais à présent les pas que je lui supposais avoir déjà accomplis en me demandant comment tout ceci tiendrait avec le temps. En même temps, rien ne laissait présager qu'elle ne m'aimât moins qu'avant, ce n'était que des passades physiques probablement. Cela me peinait, évidemment, mais sans certitude pouvais-je risquer une accusation qui justement l'aurait poussée soit à la faute, soit à un drame plus destructeur encore ? Je préférais un peu lâchement m'endormir en pensant à Camille et aux bonheurs promis pour le lendemain. J'avais pris soin de cacher son petit mot dans la boite-à-gant de ma voiture …

Chapitre 6

Je n'avais pas oublié les bonnes manières d'un séducteur lorsque je sonnais au numéro 3 de la rue Louis Pasteur, en prenant le temps de me munir d'une jolie boite de chocolats belges. C'était un charmant petit immeuble moderne, dans une zone résidentielle élégante, aux larges trottoirs arborés qui permettait immédiatement de sentir une atmosphère de calme et de bien-être tout à fait propice à ce moment de romance que j'attendais. Elle m'ouvrit en déshabillé de soie prune, cachant à peine une nuisette assortie, fraiche d'un bain qu'elle venait probablement de prendre avant de se parfumer délicatement de senteurs fleuries qui m'entrainaient déjà vers le désir de la couvrir de baisers. Elle m'embrassa longuement et me fit entrer dans un séjour soigneusement rangé et entretenu, une confortable moquette beige aspirant nos pas tout en nous invitant à profiter de la volupté du lieu, dans une pénombre délicatement créée par de lourds rideaux repoussant de leur drapé une lumière trop crue pour ces instants de douceur. Le large sofa étendait son assise pour mieux nous accueillir, mettant à disposition des secrets d'amoureux la caresse de son étoffe anthracite. Un peu en retrait, sur un petit guéridon, deux tasses et quelques meringues attendaient sagement la permission de restaurer nos forces après les plaisirs charnels, car déjà Camille me serrait contre elle, jetant ma veste et déboutonnant ma chemise. Mes mains se glissaient dans les plis de sa tenue, passaient dessous, décrivaient des arabesques de la naissance à la pointe de ses seins, avant de l'étreindre plus vigoureusement et de l'attirer dans des jeux passionnés, intenses où nos corps se donnaient l'un à l'autre. Je la sentais vibrer, frissonner, gémir et en étais encore plus entreprenant.

- Tu es un amant formidable, me dit-elle dans un souffle, alors qu'éreintés nous cessions nos ébats pour goûter au délicat velouté de nos lèvres fusionnant encore avec tendresse.
- Tu es délicieuse, lui répondis-je, étant sur ce point sûr de moi, mais me demandant un instant combien avant moi avaient pu connaitre également le charmant qualificatif dont elle m'honorait. Mieux valait ne pas s'attarder trop en cette pensée.

Nous prîmes enfin un thé en rapprochant le petit meuble qui patientait depuis une bonne heure pour nous servir, puis nous glissâmes ensemble sous une douche chaude et sensuelle, renouvelant nos baisers. Il était déjà l'heure de nous quitter, et je sentis ses mains se serrer sur les miennes, comme un appel à rester et une souffrance à regagner la solitude de ses soirées après tant d'émotions.

- Surtout ne me laisse pas trop longtemps, murmura-t-elle. Je dépérirais à présent.
- Je vais tout faire pour revenir bien vite. Lundi, peux-tu me recevoir ?
- Le matin oui …. Tu me trouveras sortant de mon sommeil, nue pour te plaire et dans mon lit si tu viens.
- Alors laisse-moi te réveiller doucement à 9h00, je ne devrai pas filer trop tard, j'ai cours à 11h00
- Tu es adorable, je t'attendrai en rêvant à nous. Mais promets-moi de m'écrire ce week-end des petits mots doux. Tu le pourras ?

- Oui, je ferai attention à ne pas éveiller les doutes, mais je t'enverrai de petits messages.

Je la pris une dernière fois dans mes bras sur le pas de la porte puis partis avec un peu de tristesse, non pas tant de la quitter mais plutôt de la savoir seule. Qu'allait-elle faire de ce long week-end ? Je ne lui avais pas demandé et je m'en trouvais également un peu inquiet. Il lui était si simple de croiser un autre homme, plus disponible, plus jeune. Qu'aimait-elle en moi ? Peut-être le charme rassurant d'un caractère un peu plus mûr ? Une situation déjà établie qui ne laissait que le plaisir et non pas l'obligation de justement se voir trop fréquemment ? Une liberté d'agir à sa guise sans même m'en informer ? Une possibilité de me tromper en toute impunité, alors que déjà je la voulais mienne ? Car au fait je ne la connaissais pas encore. Combien d'hommes avait-elle connu ? Était-ce un jeu dans lequel je représentais uniquement un numéro pour quelques jours ? Je devais bien me l'avouer, ce week-end serait infiniment long et toutes ces questions m'assailliraient à chaque heure, sans pourtant que je ne puisse rien en laisser paraître. Je ne voulais surtout pas que ce nouveau bonheur si soudain ne fut qu'éphémère et j'enrageais intérieurement d'avoir à ce moment une épouse et un fils qu'il me faudrait supporter deux jours entiers, me privant de toute disponibilité. Je prenais conscience du carcan d'une vie familiale en enviant alors les célibataires et divorcés. Mais voilà, il me fallait regagner notre logis et reprendre la routine quotidienne, et sous ce beau ciel bleu c'est l'âme légèrement grise et maussade que je rentrais, regrettant la rapidité avec laquelle passaient les bons moments.

Chapitre 7

Mon air renfrogné du vendredi soir passa bien vite et le court week-end m'emmena sans difficulté à retrouver Camille le lundi matin, toute aussi jolie et désirable, et nos rendez-vous commencèrent à s'échelonner, profitant de chaque moment de liberté dont nous pouvions disposer en même temps. Je m'habituais à son sofa et à son lit, y prenant toujours autant de plaisir, quelques fois avant ou après l'amour nous déjeunions dans un restaurant un peu éloigné, où jamais je ne viendrai avec Séverine. Camille était rayonnante, un vrai trait de soleil dans mon univers, d'une délicatesse si fine si sensuelle que je n'aurais pu imaginer amante plus attachante, et je m'attachais en effet un peu plus chaque jour, devant souvent me faire violence pour ne pas confondre les prénoms, les habitudes, les envies, sentant que l'amour ne cessait de croître en moi dans ce ravissant pétillement de jeunesse, de douceur, sous l'effleurement rosé de ces lèvres humides, et le frôlement de ses doigts de fée. Je m'inquiétais de moins en moins d'histoires parallèles qu'elle aurait pu mener, mais de de plus en plus de l'avenir que pouvait offrir notre relation. A ces sentiments que j'avais, existait-il une exacte réciprocité de la part de Camille ? Ou bien étaient-ils plus obliques, ou même en courbe disgracieuse et s'éloignant des sommets que j'atteignais dangereusement et trop rapidement ? Il m'était difficile de sonder son cœur dans ces laps de temps passés ensemble et trop courts. Soit, elle aimait faire l'amour, mais cela ne suffit pas à toute une vie et nous ne discutions guère que de banalités, sans dévoiler beaucoup nos opinions ni nos passions, et rien ne nous amenait à confronter nos façons de vivre puisque nous ne vivions pas ensemble. Jamais cependant elle ne m'entreprenait sur mes intentions, ni sur le désir d'une vie commune – j'en déduisais qu'elle n'en avait bien étrangement pas le souhait – quand moi-même ce sujet me harcelait sans que je trouve l'opportunité d'en parler. Non que je voulusse immédiatement cette vie commune, mais que je commençais avec frayeur à y songer involontairement, me projetant parfois en pensées ou en rêve dans son appartement trop exigu et imaginant une nouvelle vie. Je m'efforçais de maintenir avec Séverine une attitude absolument identique aux mois passés, de conserver l'exactitude de nos rares moments de tendresse conjugale, jouant pourtant un peu plus de la fatigue comme excuse pour expliquer tout de même un moindre désir, et comme par un consentement pleinement partagé par amour, elle aussi arguait plus fréquemment qu'avant être un peu lasse et préférer le repos. Je m'étais persuadé, sans en avoir la certitude, mais par commodité de conscience, qu'elle entretenait bien une liaison. Ainsi, je sentais au fond de moi ce lent éloignement, cette dérive de nos sentiments si ténue, si silencieuse, qu'aucun de nous n'allait la contrarier. Sans heurt nous vivions sur l'héritage de notre passé amoureux en refusant de percevoir qu'il se dilapidait et nous entrainait dans une nouvelle vie. Allions nous rester ensemble en acceptant nos écarts par commodité matérielle, ou pour notre fils ? Ou bien briserions-nous à un moment donné cette chappe de silence un peu honteux dans une crise tonitruante pour aller séparément chacun vers un autre destin ? J'étais moi-même bien indécis sur ce qui me plairait le plus, j'aimais finalement avec une certaine passion les parcours linéaires, et je voyais également quelques inconvénients non résolus à perdre ne serait-ce que les petits plats mijotés et les repas quotidiens préparés par Séverine. Je n'avais encore que trop rarement gouté la cuisine de Camille, et pour être parfaitement juste, il ne s'était alors agi que de dinettes sur canapé.

Chapitre 8

    Un de ces derniers jours d'avril, alors que le soleil s'activait généreusement à faire monter une chaleur propice aux pique-niques champêtres dont nous avions décidé de profiter et permettant avec légèreté d'échanger le confort du lit pour celui d'une couverture posée négligemment sur l'herbe drue d'un pré, laissant le délicat souffle de l'air rafraîchir opportunément la chaleur de nos ébats, Camille me dit tout en savourant mes caresses :

- Je ne sais trop ce que nous pouvons décider ensemble, les grandes vacances approchent. Qu'allons-nous faire ?
- Je n'y ai pas encore pensé, ce sera un petit moment de séparation, probablement, pour nous retrouver rapidement. Séverine n'a pas deux mois de congés, et j'aurais donc du temps en dehors des trois semaines où nous partons en Vendée.
- Mais pour une femme seule, c'est long. La situation me convient bien, mais dans le temps je ne sais pas si cela durera toujours.
- Douterais-tu de mes sentiments ? Es-tu prête à t'engager ? Y penses-tu parfois ?
- J'y pense, sans savoir quoi faire, et je crois que tu ne sais pas non plus ce que tu souhaites.
- J'y pense aussi, mais il faut du temps. Tu sais cependant que j'aime être avec toi. S'engager ensemble c'est un

long chemin. Nous avons le temps pour en décider.
- Finalement, tu n'es pas si mal auprès de ton épouse, me glissa-t-elle l'air un peu narquois et dépité. Que lui reproches tu vraiment ? Pour ce qui est de coucher, je suis là et tu en profites très bien.
- Ne sois pas moqueuse, il est difficile de se précipiter quand on a une famille. Il y a mon fils, et je dois amener les choses avec prudence. J'y songe cependant.
- Très bien, songes-y alors, et n'en parlons plus pour l'instant et baise-moi encore !

Je revins de cet interlude campagnard un peu chamboulé, plein d'interrogations quant à ce que souhaitait réellement exprimer Camille. Pris dans un quotidien qui conservait un certain confort, j'avais repoussé à plus tard la recherche de réponses à mes interrogations, pensant à l'instant présent qui me semblait immuable. Après tout, la situation semblait convenir à tous, ou du moins à moi-même, entre habitudes, plaisirs et mensonges. Je ne m'étais pas plongé suffisamment dans l'âme de ces deux femmes et voilà que les doutes m'assaillaient. N'avais-je pas à la fois délaissé Séverine et omis de m'attacher à satisfaire pleinement Camille ? Avais-je seulement pris le temps de connaître Camille ? Au fond, combien d'amants avait-elle fréquentés ? Pourquoi toutes ses histoires n'avaient débouché sur rien de durable ? Il me manquait bien des éléments pour comprendre sa complexité qui ne s'arrêtait peut-être pas juste à être « prise », comme elle me le demandait si souvent. Quant à mon épouse, il me manquait toujours de savoir si elle me trompait. Mais alors, avec qui, et pourquoi ? Il me fallait des réponses à toutes ces interrogations, mais il restait à savoir comment m'y prendre pour aboutir à la vérité et pouvoir prendre les décisions opportunes. J'entreprenais innocemment le soir même mes premières questions pour essayer de démêler la situation.

- Tu sais, Séverine, Julien grandit, il est bien souvent avec ses copains ou dans sa chambre.
- Oui, c'est vrai, il commence à prendre un peu d'indépendance, surtout depuis que nous lui avons acheté une petite moto. C'est plutôt agréable de le voir ainsi aller et venir sans avoir tout le temps à nous déplacer.
- Oui, mais ne trouves-tu pas que notre vie devient très rangée, un peu monotone ?
- Parle pour toi ! Tu restes des heures entières ici, mais moi au contraire j'ai pu prendre quelques responsabilités en plus. Je trouve un nouveau rythme en ayant plus de temps à consacrer à mon travail. Il y a plein de projets qui m'intéressent et je n'ai même pas la possibilité de tous les réaliser.

- Oui, j'ai remarqué que tu travailles beaucoup ces temps-ci
- Ça me passionne ce métier quand on peut le faire ainsi. Et puis, nous avons aménagé notre maison, notre jardin, … Notre vie est stable, c'est confortable. En plus, tu ne manques jamais de rien, il ne te reste qu'à te laisser dorloter. Et pour ça, tu sais que je suis là, dit-elle en souriant.
- Si tu t'ennuies, reprit-elle, pourquoi ne pas te trouver un petit loisir ? Sport, club de cuisine, … Profite de tes sorties pour te renseigner au lieu de courir les librairies et les magasins. Du tennis te ferait du bien.
- Oh, tu connais mon faible goût pour ce genre d'activités, fatigantes. Mais je vais y réfléchir … le golf peut-être ?
- Oui, d'autant que je dois aussi travailler quelques samedis pour organiser à la rentrée un cycle de conférences sur les compositeurs. J'ai déjà sollicité quelques professeurs de musique pour cela.

- Oui, quel malheur ! Tu vas finir par me délaisser.
- Non, tu as presque toutes nos soirées… et tous les dimanches ! Tu es en manque de tendresse ?
- Non, tu as raison
- Allons, tu sais que tu me conviens parfaitement ainsi et que je t'aime, même si je consacre un peu plus de temps à ma médiathèque. Ne te tourmente pas, tout va pour le mieux. Et pour te le prouver, je vais de ce pas cuisiner. Un lapin au cidre te conviendra ? Et elle partit à ses fourneaux sans attendre.

Qu'apprenais-je ainsi ? Evidemment, absolument rien de plus ! Je pouvais être rassuré car elle ne s'ennuyait pas et ne pensait qu'à son métier, ou bien je pouvais considérer que tout cela n'était que dissimulation et ce regain d'activité cachait en réalité un manque ici qu'elle comblait par des rencontres, des coucheries ailleurs, qu'elle me masquait par sa gentillesse. Je me surprenais à construire une méfiance qui jusque-là m'était inconnue. Peut-être était-ce parce que j'avais moi-même appris en peu de temps à ne rien laisser transparaître de mon infidélité ? Il me semblait à présent si simple de mentir, que je soupçonnais presque tout le monde de tels vices, me remémorant aussi quelques histoires contées entre professeurs, au sujet de collègues mariés, et auxquelles j'accordais maintenant bien plus de crédit. Ainsi la jeune Madame Debrine qui avait, disait-on, un faible pour les Terminales, Monsieur Lachausse à qui l'on prêtait une liaison secrète avec une jolie femme de ménage, ou Madame Féraux affublée sans aucune preuve d'une réputation de libertine. Tout cela devenait tellement probable éclairé sous un nouveau jour. Cette joie affichée par chacun en dehors de son domicile, comme une délivrance alors que cela aurait dû être une déchirure, n'était-ce pas un signe également ? Ces bruissements, ces conversations à voix basse, ces regards complices où se lisait maintenant si évidemment le désir, ces coups d'œil discrets mais aiguisés à l'art de dévêtir mentalement telle ou telle courbe séduisante, tout ceci était autant de preuves pour qui s'en inquiète. En sirotant mon apéritif, je me plongeais dans ces réflexions, tournant le problème en tous sens, envisageant les hommes avec qui elle pourrait fauter et concluant que le seul moyen de savoir était de mener une surveillance discrète mais intense. Etrangement la jalousie commençait aussi à poindre et c'était sans doute une résultante d'un danger qui prenait corps plus significativement. Je ne pouvais nier tenir à Séverine, dans cet équilibre complexe entre un amour idéalisé et les besoins plus matériel qu'elle comblait. Par ailleurs, il me restait à envisager le cas de Camille. Qu'espérait-elle ? Que voulait-elle ? Mais aurais-je les heures nécessaires pour mener tout ceci de front en plus de mes obligations professionnelles ?

Chapitre 9

Peu de temps après, je profitais d'une de ces journées où je n'avais pas de rendez-vous avec mon amante, car nos horaires de travail ne coïncidaient pas, pour me rendre à la médiathèque. C'était assez rare. Je m'engouffrais dans ce lieu fait de longs rayonnages classés par thématiques et entrecoupés de petits espaces de lectures où fauteuils et chaises s'organisaient autours de tables basses offrant ainsi d'agréables points de détentes silencieux, studieux, où se croisaient étudiants et amateurs de livres souvent d'un certain âge. Je me fondais dans cet univers, faisant mine de chercher aussi quelques romans distrayant ou livres de botanique, arpentant le plus discrètement possible chaque recoin en épiant les salariés du coin de l'œil en espérant y apercevoir Séverine dans toute sa duplicité. Hélas, je n'avais pas accès aux bureaux, logés dans le second étage du bâtiment et fermés à la vue du public. Mon intervention fut donc vaine, car de l'heure passée en ce lieu je ne la vis point et, à mon grand désagrément, je croisais sa meilleure amie et collègue, Natacha qui m'alpagua immédiatement.

- Pierre, toi ici ? Voilà une visite bien rare ! Es-tu venu voir Séverine ?
- Non, je voulais jeter un œil à quelques livres. Peut-être un essai sur Saint-Louis que je n'aurais pas encore lu … Mais je n'ai rien trouvé.
- Veux-tu de l'aide ?

- Oh, non merci, je n'ai plus guère le temps, je dois retourner à mon lycée.
- Bien, alors à bientôt, je dirais bonjour à Séverine pour toi.
- Merci, tu es gentille

Je pris le chemin de la sortie, en maudissant cette interruption dans mon enquête. J'en conclu qu'il serait bien difficile de mettre à jour ainsi son infidélité probable et que tout au contraire je risquais d'attirer sa méfiance en revenant. Ce n'était donc pas ainsi que je devais m'y prendre, et cela me laissa encore plus suspicieux. Une jalousie sourde à tout raisonnement me torturait à présent, n'ayant pas eu accès aux secrets bien gardés par les portes verrouillées des bureaux de ce lieu qui n'évoquait plus que l'alcôve de plaisirs malsains, le palais des perditions pour épouses perverties. A ce moment même, peut-être embrassait elle goulument un bellâtre aux vices abjects qui l'entrainerait dans des débauches sans retenues ? Et ce petit monde se protégeait dans une duplicité qu'il appelait travail mais qui n'était que jouissances bestiales. Combien étaient passés ainsi en toute illégalité sur ma propriété ? Car enfin, j'avais un contrat, un titre de jouissance exclusif conclu sous le regard des autorités et voilà que celui-ci était piétiné, bafoué en ses liens les plus intimes, sans même que cela ne révolte un entourage complice, un entourage encourageant probablement à cette lubricité et y participant allègrement ou en bénéficiant pour son propre compte. Je ne concevais plus qu'il puisse s'agir des mêmes jeux que les miens, car mon adultère était fait de romantisme, tissée dans le respect, unique, et n'avait rien à voir avec ce que j'imaginais des folâtreries pornographiques qui se nouaient sans aucun sens dans ce bâtiment pourtant dédié à l'encouragement de la sagesse et de la réflexion. L'angoisse me tenaillait et je parcourais et reparcourais les rues avoisinantes le pas vif, nerveux, sans jeter le moindre regard autour de moi. Mais à quoi cela me servait, puisque je n'avais pas de réponse possible immédiatement ? Je pris le chemin de mes cours, non sans avoir bu une bière au comptoir d'un bar pour tenter de me calmer. Le soir venu, lorsque Séverine rentra, je ne pus m'empêcher de la regarder un peu différemment, de scruter la trace d'un baiser trop appuyé ou d'un coup d'ongle, alors qu'elle, souriante, regrettait de ne pas m'avoir vu cette après-midi, et me pressait de bien vouloir la faire appeler la prochaine fois que je viendrai. « Pour qu'elle soit prévenue de ma présence et se tienne sage ? » me dis-je intérieurement encore plein de rancœur et n'ayant pas envie de parler, de peur de lâcher un mot fâcheux. Je me mis à penser aux délices de retrouver Camille le lendemain et cela m'apaisa un peu.

Chapitre 10

Ce lendemain, et après une nuit au sommeil un peu agité par mes interrogations, je m'apprêtais donc, tout heureux, à voir Camille, quand, à ma grande déception, celle-ci me fit savoir par messagerie qu'elle préférait décaler à un autre jour notre moment ensemble, prétextant des courses urgentes avant une journée de travail un peu plus chargée qu'à l'ordinaire. Je ne pouvais lui reprocher, mais j'en étais surpris et défait. Que signifiait cet impératif qui n'avait pas lieu d'être en un état si impérieux puisqu'il nous privait de nous voir ? Je ne comprenais pas cette désinvolture que je ne me serais pas permis. Il me semblait que mes certitudes d'une vie bien organisée s'écroulaient une à une. Il ne me restait plus qu'à patienter en corrigeant rageusement un paquet de devoirs, et, l'esprit encombré par mes soucis, ce fut une sorte de défouloir laissant tomber une pluie de remarque aigres et de notes médiocres. Ce fut sans remord. Devais-je être le seul à payer les fluctuations sentimentales de mes compagnes ? Il me sembla alors qu'il y avait une responsabilité collective dans les tentations ou les égarements auxquels elles succombaient en m'abandonnant.

Ce ne fut que deux jours plus tard que je pus enfin revoir mon amante et ceci m'avait paru immensément long. J'étais à la fois impatient, nerveux et inquiet, en ayant une appréhension à son égard et une envie de mieux percer sa personnalité. Pourtant, je la retrouvais toute aussi souriante qu'à son habitude, douce et tendre, demandeuse également et, se jetant dans les plaisirs de l'amour, me laissant en profiter plus que largement. Cependant je ne pus m'empêcher d'amener nos discussions sur les pas de ma jalousie.

- J'ai été déçu que tu retardes ainsi nos rendez-vous. Était-ce donc si important ?
- Oui, et je n'avais plus de temps par la suite. Tu sais, j'en ai profité pour passer un instant à la médiathèque, j'y ai aperçu ton épouse, elle est très jolie.
- Oui, mais cela n'empêche pas un éloignement dans notre couple.
- Ah ? Crois-tu vraiment qu'elle te trompe ?
- Oui, de plus en plus. Mais je ne sais pas avec qui.
- Cela t'embête ?
- Oh, non, dis-je en mentant. Mais était-ce de la curiosité de ta part ?

- Oui, j'avais envie de savoir comment est la femme à qui je vole le mari.
- Ah … bien tu le sais à présent. Mais pensons plutôt à nous, et à toi. As-tu réfléchi à la suite que tu aimerais donner à notre relation ?
- Non, je n'y ai pas pensé du tout.

Dans cette phrase, il me sembla que son regard se détourna légèrement de moi, comme pour avouer un mensonge que l'on n'ose dire en face. Je sentis un instant de silence et crus voir les pommettes de ses joues rougir dans ce laps de temps.

- As-tu eu de nombreux amants déjà ?
- Quelques-uns, mais ils ne te valaient pas, …sauf peut-être un ou deux, plaisanta-t-elle.
- Et aucun ne t'a plu…ai-je plus de chance qu'eux ?
- Peut-être, nous verrons. Mais de toute façon, il y a ta femme, donc la discussion est close.

Il y avait une pointe de jalousie chez elle qui me faisait penser qu'il faudrait que je décide vite de mon avenir amoureux, et dans le même temps il me semblait qu'elle avait volontairement choisi de me laisser dans l'incertitude quant à son choix. Nous nous quittâmes sur cette incompréhension floue me plongeant dans une grande perplexité. Et puis, que lui avait-il pris de vouloir voir Séverine ? Par chance elle ne lui avait pas parlé et j'espérais ardemment qu'elle n'y retourne pas, car un mot mal choisi pourrait éveiller des doutes et briser le fragile échafaudage de mes tromperies.

Mais rien ne se produisit de notable les jours suivants. Ne trouvant aucun moyen de démasquer mon épouse malgré quelques tentatives infructueuses de la suivre, ni aucun autre pour connaitre le fond de la pensée de ma maitresse, qui avait tendance cependant à espacer un peu nos rendez-vous, le rythme de mes heures reprenait quasiment sa régularité et le mois de mai avançait doucement, entrecoupé de nuits un peu plus courtes quand mon esprit brodait des scénarios insensés d'infidélité d'une perversité repoussante, y mélangeant toutes les figures qui venaient frapper à la porte de ma mémoire à ce moment-là. S'arrêtant à la surface des choses, le promeneur pouvait toutefois croire que le calme reprenait ses droits, et bien souvent je me le répétais pour m'obliger à retrouver ma sérénité passée, mais plongeant dans les eaux lisses du lac de mes pensées l'explorateur serait tombé sur la faune la plus carnassière qu'il puisse y avoir, menant une bataille continue dans un abysse en réalité saturée par la défiance, la contradiction, l'envie, le remord, l'amertume, autant de monstres cherchant inlassablement à prendre l'avantage dans un tourbillon mortifère. Ce n'était plus qu'un univers chamboulé par l'absence de cap, l'inexistence de certitude. Les bouteilles de whisky avaient gagné mon bureau et la consommation avait doublé, ma cave à cigare se vidait à un rythme croissant pour trouver dans les parfums d'alcool et les volutes de fumée l'apaisement de mes inquiétudes lors de mes heures de solitude. Par chance, j'arrivais à masquer cet état, mais pour combien de temps ? Alors je ne lâchais pas mes investigations, vaines, mais nécessaires.

Chapitre 11

Un soir, presque fin mai, je fus enfin récompensé de l'espionnage auquel je m'adonnais chaque fois que je le pouvais et la vérité nue m'apparut. Etrange, insoupçonnable, et pourtant si logique en y réfléchissant. Je m'étais appuyé dans le renfoncement d'une porte cochère et j'avais pour ligne de mire l'entrée de la médiathèque, il était dix-huit heures. Je vis d'abord sortir Séverine qui patienta un instant sur le trottoir, puis survint Natacha qui la rejoignit, elle se mirent à marcher et je les suivis discrètement quand, à mon plus grand effarement, ces deux femmes mariées se prirent la main et s'embrassèrent un court instant en s'arrêtant. Je n'avais pas rêvé, elles discutaient, l'une contre l'autre, se serrant un peu plus à chaque seconde, recommençant un baiser, puis encore un autre, tandis que s'esquissaient des gestes tendres, des mains parcourant rapidement une courbe de leur corps, puis au bout d'une dizaine de minutes, après un dernier enlacement plus prolongé, elles se quittèrent, regagnant chacune leur voiture. C'était donc cela ! Cela, le terrible secret qu'elle me cachait depuis des semaines. Non pas un homme, mais une femme qui comblait les désirs inassouvis de mon épouse, ses fantasmes inavoués. Cette vérité me frappait, m'éblouissait comme la lumière trop vive, trop crue, brulante, du soleil d'été à son zénith. Je comprenais tout à coup ces soirées, ces diners auxquels je n'étais jamais convié. La venue nouvelle de ces samedis d'un travail qui n'étaient en réalité que celui des corps s'entremêlant. Et cela toujours avec une collègue, pas d'homme, jamais, non, elle n'en avait jamais évoqué aucun, mais Natacha qui revenait si fréquemment dans ses conversations dont je ne pouvais soupçonner la duplicité. En revenant, ses yeux brillaient non pas de la fatigue des lectures, mais de l'intensité des plaisirs, et jetaient encore les éclairs de ces heures de jouissances quand machinalement elle passait sa main dans mes cheveux en partant si rapidement se coucher. Je comprenais l'éloignement de nos corps ces nuits-là, et les autres où nos ébats étaient de plus en plus souvent mécaniques, rapides, sans recherche d'originalité, en un devoir conjugal nécessaire à la persistance du couple que nous formions. Contre un homme peut-être aurais-je pu me défendre, mais contre une femme qu'en était-il ? J'avais l'éventuelle garantie de conserver notre foyer, mais pas notre tendresse intime, car je ne luttais plus à arme égale. Je rejoignais aussi mon véhicule, il fallait bien rentrer, et plus que jamais ma place m'apparaissait être celle du compagnon au sens d'ami fidèle, le bon chien de la maisonnée.

En poussant la porte d'entrée, je ne sus trop quoi dire et je lançais un faussement joyeux :

- Mais nous rentrons tous deux un peu tard ce soir !
- Oui, le temps de finir un rangement et il était déjà six heures-et-demi.
- La journée fut tout de même bonne ?
- Oh, très classique, rien de formidable

Je ne savais franchement pas comment aborder ce que j'avais vu, ne voulant pas déclencher de scène, ni encaisser un choc plus dur. Et puis il y avait Julien qu'il fallait épargner. Je m'affaissais dans le canapé, un verre à la main que je lapais rapidement, prêt à me resservir en allumant la télévision pour oublier.

- Dis- moi, tu bois un peu beaucoup aujourd'hui, me fit-elle remarquer
- Ah ? tu trouves ? Besoin de me décontracter après une journée chargée
- Alors, détends-toi, tu as le salon à toi car après le repas je monterai travailler encore un peu.

Eh oui, je ne m'étais pas trompé, elle s'éloignait sans pour autant détacher les amarres. J'avais ma place sur le ponton pour deviner ses ébats, mais ne pas les déranger et attendre un os à ronger, un mot tendre, une caresse discrète. Paradoxalement, savoir cela m'avait rendu plus calme, la pression à son paroxysme s'était échappée en brisant le moteur dont les pièces retombaient les unes sur les autres et je sentais monter le long silence glaçant d'un arrêt involontaire et fâcheux, d'une réparation improbable et d'une solitude profonde et déprimante. Il me restait

Camille, mais avec quelle certitude ? Quel avenir ?

Chapitre 12

Le lendemain, j'étais profondément heureux de retrouver Camille pour deux trop petites heures. J'étais aussi tout agité par les nouvelles que j'avais à lui apprendre, en espérant qu'elle apporte une solution, une échappatoire favorable pour oublier mes soucis.

- J'avais raison, elle me trompe ! Mais si tu savais avec qui, tu en serais toute étonnée.

- Dis-moi, dis-moi …
- Avec sa collègue Natacha !
- Ah bon ! Elle aime les femmes alors ?
- A priori, malheureusement. Je l'ai découvert hier. C'est incompréhensible.
- Terrible … et tu n'avais jamais rien remarqué ?
- Non, rien de cette attirance. J'en suis effondré, dégoûté
- Je te comprends, mais tu n'y peux plus rien à présent.
- Mais comment faire ? Pourquoi ?
- Je ne sais pas, elle a dû changer avec le temps. Elle aime peut-être les deux ?
- Bien elle ne me le montre pas en tout cas, notre vie sexuelle est de plus en plus plate. Heureusement que tu es là.
- Euh, …pas uniquement pour ça j'espère.
- Non, évidemment !
- Moi qui étais jalouse d'elle, au moins je suis un peu rassurée alors

- Oui, tu peux l'être. Je ne suis pas sa priorité.
- Comme ça, je t'ai pour moi seule, dit-elle amusée.
- Et as-tu réfléchi à notre avenir ? Répondis-je avec sérieux.
- Oui, un peu cette fois, mais je vais peut-être te décevoir finalement. J'adore nos moments ensemble, mais je ne me sens pas prête à t'accueillir plus pour le moment, je n'envisage pas encore de vie à deux. J'aime cette liberté et puis il faut prendre le temps de bien nous connaitre pour être certain de ne pas faire d'erreur. Les vacances nous donneront l'occasion de bien peser nos envies et nos choix.
- Ah ?

Intérieurement j'étais non pas déçu, mais meurtri par ce nouveau coup de poignard. Non que je souhaitasse immédiatement vivre avec elle, mais j'attendais cette possibilité de retraite, cette île me coupant si nécessaire de mon monde, havre de paix dans la tourmente

- Mais je suis un peu surpris, repris-je après un silence, il me semblait que tu souhaitais que nous soyons plus souvent ensemble.
- Peut-être par la suite, mais c'est en fait encore un peu tôt pour décider. Nous verrons ceci quand tu seras revenu de vacances, plutôt fin août. J'y ai réfléchi et c'est une décision finalement compliquée, trop compliquée pour le moment.

J'avais du mal à cacher mon anxiété et ma désillusion, mais sous ses baisers je renonçais à en demander plus, il me semblait qu'elle m'aimait tout de même. Alors, s'il lui fallait du temps, je m'inclinais à être patient. Et ainsi, j'allais laisser filer les jours, entre ce vide amoureux qui hantait mon foyer et ces espoirs mis en cette jeune femme compliquée mais attachante, trop attachante pour ne pas vouloir se bercer d'illusions.

Chapitre 13

Je dois introduire à présent dans le récit de cette période de ma vie la narration de ce que je n'ai su que plus tard, après tant de naïveté, et qui amènera au dénouement de cette intrigue amoureuse. J'avais en effet laisser filer le temps, et, pris dans mon désarroi, je n'avais pas même remarqué que mes liens avec Camille s'étiolaient autant que mes visites s'espaçaient sous différents prétextes qu'elle inventait. Or, durant ces jours et probablement ceux les précédant, Camille était retournée à la médiathèque. Elle avait vu mon épouse, lui avait parlé, avait voulu la connaitre sans doute un peu plus, par jalousie d'abord, je suppose, mais pas seulement. Son assiduité à parcourir les rayonnages allait grandissante, non pour les livres, elle ne lisait que peu, mais pour ces moments où elle apercevait Séverine. J'imagine fort bien les premières discussions, banales, prétextant le nécessité d'être guidée dans ses choix, demandant des conseils, puis creusant chaque sujet pour percer un peu sa personnalité. Tout acquise aux charmants minois féminins, Séverine n'avait sans doute pas manqué de satisfaire la curiosité de cette jolie jeune femme sachant si bien jouer de ses charmes, à la voix si douce, séduisant rien qu'en susurrant un mot en laissant percer entre ses dents de nacre la pointe d'une langue qui n'appelait qu'à être désirée dans de profondes embrassades ou bien en de pires évocations érotiques. Prise dans ces filets de sensualité, elle s'était forcément épanchée sur ses goûts, sur sa vie, et ce devait être des quart-heure d'intimité amicale envoûtants passés dans les espaces de lecture feutrés, sur les confortables fauteuils si propices au délassement et aux confidences. Camille perçait à jour notre vie de couple, s'introduisait virtuellement dans notre maison, m'apprenait sans rien avoir à me demander, violait l'intimité de ce que je n'avais pas souhaité lui dire. Elle avait tout le loisir de me jauger, de juger de l'intérêt quel pouvait porter à ma vie quotidienne. Elle usait d'un espion qui n'avait pas de réciproque, prenant ainsi une avance certaine nous concernant. Quelles complaintes avait-elle pu également recevoir ? Dans cette même période la relation que mon épouse entretenait avec Natacha s'effritait. L'importance croissante qu'elle donnait à ces instants de complicité avec Camille en était-elle la cause ou la conséquence, je ne le sus pas. Natacha étant une femme remariée, je peux également présumer que ses incartades avaient été soit découvertes, soit qu'elle ne souhaitait pas les poursuivre pour éviter de mettre trop grandement en péril son couple, ou bien que l'attrait de nouveauté se fût peut-être tout simplement effacé et que le besoin de renouvellement, fréquent dans les infidélités, avait pris le pas sur une liaison qui n'avait déjà que trop vécu. Rétrospectivement, les quelques jours d'humeur maussade de Séverine témoignaient bien d'une rupture, en douceur mais certaine. L'eussé-je su alors, que j'aurais pu tenter de retrouver ma place quoiqu'elle ne me montrât guère plus d'intérêt que tous ces derniers mois. Elle-même cumulait-elle ces liaisons lesbiennes ? Natacha était-elle la première ou la dixième ? je ne l'ai jamais su, elle ne me l'a jamais avoué, et à cette heure-ci cela reste encore un mystère, bien que je puisse penser que son attirance pour les femmes date d'il y a déjà fort longtemps en me remémorant les vacances que nous passâmes avec un couple d'amis : les longues minutes où elle regardait Nicole, l'huile solaire dont elle se proposait toujours de lui enduire le dos - avec une certaine application troublante quand elle le faisait - les conseils qu'entre femmes on se donne parfois dans la salle de bain concernant la lingerie, ..., autant de petites choses si suspectes. Enfin, même si cette attirance existait et perdurait, j'aurais pu supposer dans cette rupture qu'elle ne fauterait plus avant un long moment et être un temps tranquillisé. Mais les sourires lui revinrent vite, et mes doutes les suivirent en une courbe parallèle car cette joie nouvelle n'était pas de mon effet. Je repris ma surveillance, mes soirs à guetter, mais elle sortait toujours seule de la médiathèque. D'ailleurs durant deux semaines elle ne rentrait plus en retard, et me parlait moins de projet, évoquant juste quelques futurs samedis où elle devrait travailler, et comme les choses étaient bien mal faites pour moi, le premier de ces samedis fut celui où Julien avait un concours sportif qui m'obligeait à l'y emmener et à m'en occuper, ce qui coupait cours à mon activité d'enquêteur. Quant à badiner, en symétrie quasi parfaite à la gaieté retrouvée de Séverine, mes visites chez Camille s'espaçaient, s'écourtaient et se détérioraient. Je sentais une presque réticence de sa part et l'envie d'autre chose qui n'était pas moi. Cependant elle n'osait me le dire, soit par embarras après m'avoir bercé d'illusions, soit que je fusse encore une alternative. Nous étions déjà mi-juin et je commençais à miser sur un départ en vacances pour retrouver un peu de sérénité. Ma vie était chamboulée et c'est avec nostalgie que je repensais à l'année d'avant, parfois noyant en solitaire ces regrets dans un peu trop d'alcool et prétextant un film tardif, je dormais dans mon bureau une partie de la nuit. Le délitement de notre couple était bien à l'œuvre, mais était-il seulement rattrapable par quelques moments familiaux en Vendée ? Si Julien n'en disait rien, je sentais bien que lui aussi remarquait cette situation et s'échappait de plus en plus souvent chez ses amis ou dans sa chambre. Pourtant, les repas étaient toujours aussi bons, servis avec attention, et pris en discutant de tout et de rien, naturellement. Séverine semblait flotter au-dessus de cet univers glauque qui me hantait, qui détruisait notre harmonie. Était-elle hors du temps par crainte de percevoir cette chute ? Ou bien avait-elle déjà effacé notre temps ensemble ? J'avais beau lancer quelques perches pour la faire réagir, rien ne se produisait, si ce n'était encore et toujours des mensonges.

- Ne trouves-tu pas cela troublant deux femmes ensemble ?
- Non, cela arrive, mais ce n'est pas un sujet qui me passionne, me répondait-elle.

Ou bien :

- Ne trouves-tu pas cela plus sensuel qu'un homme, une femme ?
- Je n'en sais rien, tu as des questions étranges.

Ou encore :

- Si tu me trompais, je te quitterais

- Mais en voilà une drôle d'idée ! Et elle riait, en me demandant pourquoi elle ferait ceci.

Rien ne paraissait au travers du mur dont elle avait ceint son âme. Un mur de coton, infranchissable mais doux et absorbant tous mes traits sarcastiques, et ne voulant pas aller à l'assaut directement, je retournais à mes sombres pensées.

Chapitre 14

Le 20 juin, je reçus un message laconique de Camille : « Il nous faut arrêter là, j'ai rencontré quelqu'un d'autre, tu resteras une histoire formidable. Adieu ». Un choc terrible, sans même me le dire en face, sans prévenance, et qui me laissait vide pendant de longues minutes. Je tentais de la relancer, mais elle avait déjà dû bloquer mon numéro de téléphone, plus rien ne passait. J'avais la sensation que le monde s'agrandissait indéfiniment autour de moi, me laissant tout petit, invisible, parmi toute une foule d'hommes et de femmes riant, s'embrassant, couchant ensemble. Ils étaient tant, visages connus, inconnus aussi, ou rêvés, tous les possibles tournaient et virevoltaient, s'éloignant vers leur bonheur et moi, minuscule, je n'avais plus droit à rien, je n'étais plus et personne ne m'attendait, nulle part. J'avais conscience de cette immensité et aussi de ma complète solitude dont nul ne voulait. Si seulement j'avais pu à cet instant me raccrocher à Séverine, me serrer contre elle et sentir sa chaleur réconfortante, me blottir pour recevoir son amour. Toute honte bue, j'aurais fait en moi-même le serment de ne plus jamais la tromper, et sans comprendre mon effusion de tendresse elle m'aurait délivré de ce mal si grossier en m'embrassant tendrement. Je pris le temps de calmer mes nerfs, de sécher mes larmes de tristesse et de rage, de maudire Camille plus d'une fois, mais la colère ne passait pas. Avec qui était-elle ? Qui me remplaçait ? Depuis quand se jouait-elle de mes sentiments ? Je retournais sans vergogne la situation du mari trompeur en amant trompé et jaloux, je me sentais floué d'avoir investi en déjeuners au restaurant, en fleurs, en cadeaux pour un si maigre retour, pour si peu de reconnaissance. Il était midi, sans réfléchir, je sautais dans ma voiture, j'enfilais les rues rapidement et je m'arrêtais un peu avant son appartement. Je voulais savoir, je voulais une scène de rupture, je voulais récupérer ces présents que je considérais comme miens. Lentement, discrètement, j'approchais à pied, il me sembla alors apercevoir une forme connue, une voiture verte m'en rappelant une autre et mon coup d'œil s'aiguisa, les détails devinrent nets, mais je ne pouvais y croire. Cette voiture, la même que celle de ma femme, le stress montait encore, l'angoisse me saisissait. Elle avait deviné pour moi ! Pour nous ! Elle venait réclamer ses comptes sans doute ! Que pouvais-je faire ? Je m'appuyais à un mur, le souffle court, le rythme endiablé de mon cœur me vrillait la poitrine, mon cerveau était en ébullition. Elle, ici ? je m'approchais encore un peu pour vérifier si je n'avais pas rêvé, me souvenant qu'hier soir elle ne m'avait quasiment pas adressé la parole et que j'étais allé me coucher bien après elle. Ce matin elle était partie vite, me laissant avec Julien pour le petit-déjeuner.

Chapitre 15

Soudainement, la porte de l'immeuble s'ouvrit et je n'eus que le temps de faire un saut de côté pour éviter d'être vu. Cet instant se grava dans ma mémoire, comme une blessure purulente, douloureuse, que même les années allaient probablement laisser béante. Sur le trottoir, apparurent se tenant par la main et plaisantant de façon enjouée, Camille et Séverine. Leurs rires sonores me brûlaient l'âme. Un mot saisi au vol « nigaud », que je soupçonnais être à mon intention, me blessa cruellement. Leurs lèvres se soudaient brièvement et tendrement, puis il y eut la complicité des regards au moment d'ouvrir les portières du véhicule et ce départ. Elles allaient déjeuner, comme je l'avais fait bien souvent aussi avec cette tendre jeune femme qui fut ma maitresse. Je revoyais passer toutes ces semaines depuis nos premiers échanges, et ce mot « nigaud », car je le fus, je l'étais encore. Je repensais alors à ce qu'elle m'avait dit au tout début : des hommes de passage et une attirance pour les femmes. Si j'avais su écouter, si j'avais su deviner. Je lui avais livré ma compagne sur un plateau en lui confiant sa même attirance et son histoire avec Natacha. Il lui avait été si aisé de fréquenter la médiathèque et de jouer de son charme. Il leur avait suffi alors de se plaire pour m'évincer, tout cela était si simple, si évident. Ce message de rupture ce matin, elles l'avaient prévu ensemble, et cela expliquait le comportement de Séverine. J'imaginais avec dégout ses mains frôler les mêmes lingeries en dentelle que moi, peut-être le même jour, à quelques heures d'intervalle, embrasser la même peau de satin, le velouté tendre des seins, s'amusant avec le même plaisir à donner du plaisir. Depuis combien de temps jouait-elle la comédie en me retrouvant chaque soir ? Quant à Camille, elle me révulsait plus encore dans ses jouissances offertes séparément aux deux êtres d'un même couple, les comparant probablement, pesant leur intensité. Quelle immonde perversion ! Je n'osais pas attendre leur retour. Je n'osais pas les affronter ensemble. Je n'osais pas entendre leurs moqueries ! Je regagnais la maison, anéanti, sans savoir que dire, surtout à Jullen. Pourtant, c'en était trop, je devais avoir une explication, je devais connaître l'avenir. Décision était prise, « Elle me doit une explication », dis-je tout haut, très froidement, avec une véritable méchanceté brisant un vase reçu à notre mariage.

Ce soir-là, j'allais cueillir Séverine à la sortie de sa médiathèque.

- J'ai à te parler, dis-je sèchement.
- Cela tombe bien, moi aussi, dit-elle calmement et ne montrant aucune crainte en s'engouffrant dans mon monospace.
- Je t'ai vue ce midi, et c'est immonde, cette tromperie est dégueulasse.
- Te voilà choqué pour bien peu, puisque ce n'est qu'avec ta maîtresse.
- Oh, tu me trompais déjà avec Natacha et bien d'autres ! Comment ai-je pu être aussi aveugle et ne pas remarquer ton vice ! De colère et de rage, j'en postillonnais, faisant un effort pour ne pas crier.
- Tu ne t'intéresses qu'à toi, voilà pourquoi. Face aux plaisirs qu'elles m'ont apportés, tu ne pèses pas lourd. Tu ne connais rien à nos désirs, rien à nos tendresses. Son ton froid

était désarmant, glaçant tout espoir de la blesser par un mot méchant.
- Et depuis quand ?
- Depuis plusieurs années, j'ai ce désir et j'ai fini par vouloir le vivre. C'est mieux que tout ce que tu peux faire, Camille te le dirait.
- Et pourquoi Camille ? Pourquoi me l'as-tu volée ?
- Parce que comme moi, elle préfère les femmes, pour elle c'est une révélation. Je lui ai appris à découvrir son corps autrement. Je l'ai prise en main et elle adore ça.

Je sentais que chacun de ses mots était pesé pour m'atteindre, me faire du mal. Je ne pouvais pas lutter contre cette volonté de me briser. Ma voix ralentissait, devenant presque suppliante.

- Et où cela te mène ? tu détruis tout ! Je t'ai trompée uniquement parce que je sentais que tu le faisais.
- Il fallait réfléchir, conserver ta femme et la laisser libre d'être

infidèle. Cela ne m'empêchait pas d'être à la maison et même de coucher encore avec toi. Maintenant il est trop tard.
- Comment ça trop tard ?
- J'ai bien senti que nous n'étions plus en accord ensemble, et j'ai décidé de me séparer de toi.
- Quoi ? Comment ça ?
- Oui, c'est comme ça. Camille va m'héberger un temps au moins ou toujours, nous verrons bien.
- Quelle belle salope celle-là ! susurrais-je en tentant de me ressaisir. Et Julien dans tout ça ? Nos vacances ?
- Julien le sait déjà un peu, je lui ai parlé ces derniers jours. Les vacances seront sans toi.
- Et lui, que devient-il ? J'étais anéanti, le timbre chevrotant, les larmes aux yeux.
- Pour le moment, je pense que tu peux le garder à la maison, c'est chez lui, il a ses affaires. Je partirai ce

week-end, d'ici là tu as ton divan pour dormir. Ah, je ne veux pas de scène devant lui. En es-tu capable ? Sinon je pars dès ce soir. Je te retrouve tout à l'heure.

Coupant court à ma réponse, elle sortit et partit. C'était donc la fin, abrupte, comme dans la plupart des séparations. Je n'avais pas su montrer toute ma colère, par lâcheté peut-être ou par fin déjà programmée inconsciemment depuis quelques temps, mais surtout parce que jusqu'au bout j'avais tenté de me persuader de pouvoir conserver notre relation, mais son mépris si cassant m'avait ôté tout espoir et la tristesse avait vaincu mes faibles forces, emportant tout sur son passage. Aurait-il fallu que je sois violent pour paraître viril et dominant ? Je n'en avais simplement pas l'habitude et cela n'aurait servi qu'à faire empirer une situation déjà actée. Je gardais en moi une haine sourde pour celles qui avaient brisé ma vie.

Epilogue

Trois mois après, et parce que Julien préférait rester avec sa mère, j'avais déserté la maison. Leur laissant ce qui avait été mon havre de paix et puis le berceau de mes douleurs, où chaque recoin, chaque objet, me rappelait indéfiniment le bonheur perdu. J'avais loué un petit 3 pièces en centre-ville, y ramenant uniquement les objets de mon bureau, ceux qui n'avaient pas été salis par notre vie commune. Le seul lien me raccrochant comme un hameçon tranchant à cette infamie était mon fils, qui passait épisodiquement mais ne s'attardait jamais. Même cet amour filial s'était appauvri, délité, était douloureux comme si je devais inlassablement porter comme la croix du Christ, le poids de cette rupture. Je n'avais pas l'étoffe d'un héros de roman et si l'idée du suicide m'avait effleuré, plus par honte que par dépression, je ne m'y étais pas résolu. A la rentrée, mes collègues m'avaient faussement offert une certaine compassion par petites phrases sensées me réconforter, mais je les soupçonnais de rire de mon malheur ou de se réjouir de ne pas avoir à le connaitre personnellement. La solitude avait envahi mes si nombreuses heures de repos. Je m'étais réinscrit sur ce site de rencontre, sans avoir la moindre ambition de séduire, et en effet le succès n'était pas flagrant. Je savais déjà qu'il ne me resterait qu'à errer d'histoires sans lendemain en coucheries sordides, avec n'importe qui, puisqu'aucune ne remplacerait mon amour de jeunesse. En écrivant ces lignes, un an après, une larme coulait encore, signe qu'inlassablement ma mémoire rouvrait les petits tiroirs de mon passé pour en vider les moments les plus doux, laissant une nostalgie douloureuse guider à présent la seconde moitié de mon existence.

Remerciements

A Natacha, pour ses conseils et sa présence à mes côtés, et à qui j'ai emprunté le prénom, uniquement le prénom.